掌中書 22

古詩十九首釋

朱自清 著

五南圖書出版公司 印行

學識新知・與眾共享

——單手可握，處處可讀

「眞正高明的人，就是能夠藉助別人智慧，來使自己不受蒙蔽。」蘇格拉底如是說。二千多年後培根更從積極面，點出「知識就是力量」。擁有知識，掌握世界，海闊天空！

可是：浩繁的長篇宏論，時間碎零，終不能卒讀。

或是：焠出的鏗鏘句句，字少不成書，只好窖藏。

於是：古有「巾箱本」，近有「袖珍書」。「巾箱」早成古代遺物；時下崇尚短露，已無「袖」可藏「珍」。

面對：微型資訊的浪潮中，唯獨「指掌」可用。一書在手，處處可讀。這就是「掌中書」的催生劑。極簡閱讀，走著瞧！

輯入：盡是學者專家的眞知灼見，時代的新知，兼及生活的智慧。

希望：爲知識分子、愛智大眾提供具有研閱價値的精心之作。在業餘飯後，舟車之間，感悟專家的智慧，享受閱讀的愉悅，提升自己的文化素養。

五南：願你在悠雅閒適中……

慢慢讀，細細想

「掌中書系列」出版例言

一　本系列之出版，旨在爲廣大的知識分子、愛智大眾，提供知識類的小品，滿足所有的求知慾，使生活更加便利充實，並提升個人的一般素養。

二　本系列含括知識的各個層面，生活的方方面面。生活的、人文的、社科的、藝術的，以至於科普的、實務的，只要能傳揚知識、增廣見聞，足以提升生活品味、個人素養的，均輯列其中。

三　本系列各書內容著重知識性、實務性，兼及泛眾性、可讀性；避免過於深奧，以適合一般知識分子閱讀的爲主。至於純學術性的、研究性的讀本，則不在本系列之內。自著或翻譯均宜。

四　本系列各書內容，力求言簡意賅、凝鍊有力。十萬字不再多，五萬字不嫌少。

五　爲求閱讀方便，本系列採單手可握的小開本。在快速生活節奏中，提供一份「單手可握，處處可讀」的袖珍版、口袋書。

六　本系列園地公開，人人可耕耘，歡迎知識菁英參與，提供智慧結晶，與眾共享。

叢書主編

二〇二三年一月一日

序

詩是精粹的語言。因為是「精粹的」，便比散文需要更多的思索，更多的吟味；許多人覺得詩難懂，便是為此。但詩究竟是「語言」，並沒有真的神祕；語言，包括說的和寫的，是可以分析的；詩也是可以分析的。只有分析，才可以得到透徹的了解；散文如此，詩也如此。有時分析起來還是不懂，那是分析得還不夠細密，或者是知識不夠，材料不足，並不是分析這個方法不成。這些情形，不論文言文、白話文、文言詩、白話詩，都是一樣。不過在一般不大熟悉文言的青年人，文言文，特別是文言詩，也許更難懂些罷了。

我們設「詩文選讀」這一欄，便是要分析古典和現代文學的重要作品，幫助青年諸君的了解，引起他們的興趣，更注意的是要養成他們分析的態度。只有能分析的人，才能切實欣賞；欣賞是在透徹的了解裡。一般的意見將欣賞和了解分成兩橛，實在是不妥的。沒有透徹的了解，就欣賞起來，那欣賞也許會驢脣不對馬嘴，至多也只是模糊影響。一般人以為詩只能綜合的欣賞，一分析詩就沒有了。其實詩是最錯綜的，最多義的，非得細密的分析工夫，不能捉住它的意旨。若是囫圇吞棗的讀去，所得著的怕只是聲調詞藻等一枝一節，整個兒的詩會從你的口頭眼下滑過去。

本文選了《古詩十九首》作對象，有兩個緣由。一來十九首可以說是我們最古的五言詩，是我們詩的古典之一。所謂「溫柔敦厚」、「怨而不怒」的作風，三百篇之外，十九首是最重要的代表。直到六朝，五言詩都以這一類古詩為標準；而從六朝以來的詩論，還都以這一類詩為正宗。十九首影響之大，從此可知。

二來十九首既是詩的古典，說解的人也就很多。古詩原來很不少，梁代昭明太子（蕭統）的文選裡卻只選了十九首。《文選》成了古典，十九首也就成了古典；十九首以外，古詩流傳到後世的，也就有限了。唐代李善和「五臣」給《文選》作注，當然也注了十九首。嗣後歷代都有說解十九首的，但除了《文選》注家和元代劉履的《選詩補註》，整套作解的似乎沒有。清代箋注之學很盛，獨立說解十九首的很多。近人隋樹森先生編有《古詩十九首集釋》一書（中華版），搜羅歷來十九首的整套的解釋，大致完備，很可參看。

這些說解，算李善的最為謹慎、切實；雖然他釋「事」的地方多，釋「義」的地方少。「事」是詩中引用的古事和成辭，普通稱為「典故」。「義」是作詩的意思或意旨，就是我們日常說話裡的「用意」。有些人反對典故，認為詩貴自然，辛辛苦苦注出詩裡的典故，只表明詩句是有「來歷」的，作者是淵博的，並不能增加詩的價值。另有些人也反對典故，卻認為太麻煩、太瑣碎，反足為欣賞之累。

可是，詩是精粹的語言，暗示是它的生命。暗示得從比喻和組織上作工夫，利用讀者聯想的力量。組織得簡約緊湊；似乎斷了，實在連著。比喻或用古事成辭，或用眼前景物；典故其實是比喻的一類。這首詩那首詩可以不用典故，但是整個兒的詩是離不開典故的。舊詩如此，新詩也如此；不過新詩愛用外國典故罷了。要透徹的了解詩，在許多時候，非先弄明白詩裡的典故不可。陶淵明的詩，總該算「自然」了，但他用的典故並不少。從前人只囫圇讀過，直到近人古直先生的《靖節詩箋定本》，才細細的註明。我們因此增加了對於陶詩的了解；雖然我們對於古先生所解釋的許多篇陶詩的意旨並不敢苟同。李善注十九首的好處，在他所引的「事」都跟原詩的文義和背景切合，幫助我們的了解很大。

別家說解，大都重在意旨。有些是根據原詩的文義和背景，卻忽略了典故，因此不免望文生義，模糊影響。有些並不根據全篇的文義、典故、背景，卻只斷章取義，讓「比興」的信念支配一切。所謂「比興」的信念，是認為作詩必關教化；凡男女私情，相思離別的作品，必有寄託的意旨——不是「臣不得於君」，便是「士不遇知己」。這些人似乎覺得相思離別等等私情不值得作詩；作詩和讀詩，必須能見其大。但是原作裡卻往往不見其大處。於是他們便抓住一句兩句，甚至一詞兩詞，曲解起來，發揮開去，好湊合那個傳統的信念。這不但不切合原作，並且常常不能自圓其說；只算是無中生有，驢脣不對馬嘴罷了。

據近人的考證，十九首大概作於東漢末年，是建安（獻帝）詩的前驅。李善就說過，詩裡的地名像「宛」、「洛」、「上東門」，都可以見出有一部分是東漢人作的；但他還相信其中有西漢詩。歷來認為十九首裡有西漢詩，只有一個重要的證據，便是第七首裡「玉衡指孟冬」一句話。李善說，這是漢初的曆法。後來人都信他的話，同時也就信十九首中一部分是西漢詩。不過李善這條注並不確切可靠，俞平伯先生有過詳細討論，載在《清華學報》裡。我們現在相信這句詩還是用夏曆。此外，梁啓超先生的意見，十九首作風如此相同，不會分開在相隔幾百年的兩個時代（《中國之美文及其歷史》）。徐中舒先生也說，東漢中葉，文人的五言詩還是很幼稚的；西漢若已有十九首那樣成熟的作品，怎麼會有這種現象呢！（《古詩十九首考》，《中大語言歷史研究所週刊》六十五期）

十九首沒有作者，但並不是民間的作品，而是文人仿樂府作的詩。樂府原是入樂的歌謠，盛行於西漢，到東漢時，文人仿作樂府辭的極多，現存的樂府古辭，也大都是東漢的。仿作樂府，最初大約是依原調，用原題，後來便有只用原題的，再後便有不依原調，不用原題，只取樂府原意作五言詩的了。這種作品，文人化的程度雖然已經很高，題材可還是民間的，如人生無常、及時行樂、離別、相思、客愁等等。這時代作詩人的個性還見不出，而每首詩的作者，也並不限於一個人；所以沒有主名可指。十九首就是這類詩，詩中常用典故，正是文人的色彩，但典故並不妨害十九首的「自然」，因為這類詩究竟是民間味，而且只是渾括的抒敘，還沒到精細描寫的地步，所以就覺得「自然」了。

本文先鈔原詩。詩句下附列數字，李善注便依次鈔在詩後；偶有不是李善的注，都在下面記明出處，或加一「補」字。注後是說明；這兒兼採各家，去取以切合原詩與否為準。

編按：《古詩十九首釋》於一九四一年刊登於《國文月刊》，自第六期開始連續刊載，然朱自清先生僅釋九首即停止。

目次

學識新知・與眾共享 (3)
「掌中書系列」出版例言 (5)
序 (7)
行行重行行 001
青青河畔草 013
青青陵上柏 025
今日良宴會 035
西北有高樓 045

057 涉江采芙蓉
065 明月皎夜光
077 冉冉孤生竹
087 庭中有奇樹

行行重行行

行行重行行，
與君生別離[1]。
相去萬餘里，
各在天一涯[2]。
道路阻且長，
會面安可知[3]。

【1】《楚辭》曰：「悲莫悲兮生別離。」
【2】《廣雅》曰：「涯，方也。」
【3】《毛詩》曰：「溯洄從之，道阻且長。」薛綜〈西京賦〉注曰：「安，焉也。」

胡馬依北風，
越鳥巢南枝[4]。
相去日已遠，
衣帶日已緩[5]。

【4】《韓詩外傳》曰：「詩云：『代馬依北風，飛鳥棲故巢』，皆不忘本之謂也。」
《鹽鐵論．未通篇》：「故代馬依北風，飛鳥翔故巢，莫不哀其生。」（徐中舒《古詩十九首考》）
《吳越春秋》：「胡馬依北風而立，越燕望海日而熙，同類相親之意也。」（同上）

【5】《古樂府歌》曰：「離家日趨遠，衣帶日趨緩。」

浮雲蔽白日，
遊子不顧反[6]。
思君令人老，
歲月忽已晚[7]。
棄捐勿復道，

【6】浮雲之蔽白日，以喻邪佞之毀忠良，故遊子之行，不顧反也。《文子》曰：「日月欲明，浮雲蓋之」；《陸賈新語》曰：「邪臣之蔽賢，猶浮雲之鄣日月」；《古楊柳行》曰：「讒邪害公正，浮雲蔽白日」，義與此同也。鄭玄《毛詩箋》曰：「顧，念也。」

【7】《小雅》：「維憂用老。」（孫鑛評《文選》語）

努力加餐飯[8]。

詩中引用《詩經》、《楚辭》，可見作者是文人。「生別離」和「阻且長」是用成辭；前者暗示「悲莫悲兮」的意思，後者暗示「從之」不得的意思。藉著引用的成辭的上下文，補充未申明的含意，讀者若能知道所引用的全句以至全篇，便可從聯想領會得這種含意。這樣，詩句就增厚了力量。這所謂詞短意長；以技巧而論，是很經濟的。典

【8】《史記·外戚世家》：「平陽主拊其（衛子夫）背曰：『行矣，彊飯，勉之！』」蔡邕（？）〈飲馬長城窟行〉：「長跪讀素書，書中竟何如？上有『加餐食』，下有『長相憶』。」（補）

故的效用便在此。「思君令人老」脫胎於「維憂用老」，而稍加變化；知道《詩經》句子的讀者，就知道本詩這一句是暗示著相思的煩憂了。〈冉冉孤生竹〉一首裡，也有這一語；歌謠的句子原可套用，十九首還不脫歌謠的風格，無怪其然。「相去」兩句也是套用古樂府歌的句子，只換了幾個詞。「日已」就是〈去者日以疏〉一首裡的「日以」，和「日趨」都是「一天比一天」的意思；「離家」變爲「相去」，是因爲詩中主人身分不同，下文再論。

「代馬」、「飛鳥」兩句，大概是漢代流行的歌謠；《韓詩外傳》和《鹽鐵論》都引到這兩個比喻，可見。到了《吳越春秋》，才改爲散文，下句的題材並略略變化。這種題材的變化，一面是環境的影響，一面是文體的影響。越地濱海，所以變了下句；但越地不以馬著，所以不變上句。東漢文體，受辭賦的影響，不但趨向駢偶，並且趨向工切。「海日」對「北風」，自然比「故巢」工切得多。本詩引用這一套比喻，因爲韻的關係，又變用「南枝」對「北風」，卻更見工切了。至於「代馬」變爲「胡馬」也許只是作詩人的趣味；歌謠原是常常修改的。但「胡馬」兩句的意旨，卻還不外乎「不忘本」、「哀其生」、「同類相親」三項。這些得等弄清楚詩中主人的身分再來說明。

「浮雲蔽白日」也是個套句。照李善注所引證，說是「以喻邪佞之毀忠良」，大致是不錯的。有些人因此以爲本詩是逐臣之辭；詩中主人是在遠的逐臣，「遊子」便是逐臣自指。這樣全詩就都是思念君王的話了。全詩原是男女相思的口氣，但他們可以相信，男女是比君臣的。男女比君臣從屈原的〈離騷〉創始；後人這個信念，顯然是以〈離騷〉爲依據。不過屈原大概是神仙家，他以「求女」比思君，恐怕有他信仰的因緣，他所求的是神女，不是凡人。五言古詩從樂府演化而出；樂府裡可並沒有這種思想。樂府裡的羈旅之作，大概只說思鄉；十九首中〈去者日以疏〉、〈明月何皎皎〉兩首，可以說是典型，這些都是實際的。〈涉江采芙蓉〉一首，雖受了《楚辭》的影響，但也還是實際的思念「同心」人，和〈離騷〉不一樣。在樂府裡，像本詩這種纏綿的口氣，大概是居者思念行者之作。本詩主人大概是個「思婦」，如張玉穀《古詩賞析》所說；「遊子」與次首〈蕩子行不歸〉的「蕩子」同意。所謂詩中主人，可並不一定是作詩人；作詩人是儘可以虛擬各種人的口氣，代他們立言的。

但是「浮雲蔽白日」這個比喻，究竟該怎樣解釋呢？朱筠說：

「『不顧返』者，本是遊子薄倖；不肯直言，卻託諸浮雲蔽日。言我思子而子不思歸，定有讒人間之；不然，胡不返耶？」（《古詩十九首說》）張玉穀也說：「浮雲蔽日，喻有所惑，遊不顧返，點出負心；略露怨意。」兩家說法，似乎都以白日比遊子，浮雲比讒人；讒人惑遊子是「浮雲蔽白日」。就「浮雲」兩句而論，就全詩而論，這解釋也可通。但是一個比喻往往有許多可能的意旨，特別是在詩裡，我們解釋比喻，不但要顧到當句當篇的文義和背景，還要顧到那比喻本身的背景，才能得著它的確切意旨，見仁見智的說法，到底是不足爲訓的。「浮雲蔽白日」這個比喻，李善注引了三證，都只是「讒邪害公正」一個意思。本詩與所引三證時代相去不遠，該還用這個意思。不過也有兩種可能：一是那遊子也許在鄉里被「讒邪」所「害」，遠走高飛，不想回家；二也許是鄉里中「讒邪害公正」，是非黑白不分明，所以遊子不想回家。前者是專指，後者是泛指。我不說那遊子是「忠良」或「賢臣」，因為樂府裡這類詩的主人，大概都是鄉里的凡民，沒有朝廷的達官的緣故。

明白了本詩主人的身分，便可以回頭吟味「胡馬」、「越鳥」那一套比喻的意旨了。「不忘本」是希望遊子不忘故鄉。「哀其生」是哀念他的天涯飄泊。「同類相親」是希望他親愛家鄉的親戚故舊乃至思婦自己。在遊子雖不想回鄉，在思婦卻還望他回鄉。引用這一套彼此熟習的比喻，是說物尚有情，何況於人？是勸慰，也是願望。用比喻替代抒敘，作詩人要的是暗示的力量；這裡似是斷處，實是連處。明白了詩中主人是思婦，也就明白詩中套用古樂府歌「離家」那兩句時，為什麼要將「離家」變爲「相去」了。

「衣帶日已緩」是衣帶日漸寬鬆，朱筠說：「與思君令人瘦一般用意。」這是就果顯因，也是暗示的手法，帶緩是果，人瘦是因。「歲月忽已晚」和〈東城高且長〉一首裡「歲暮一何速」同義，指的是秋冬之際歲月無多的時候。「棄捐勿復道，努力加餐飯」兩語，解者多誤以爲全說的是詩中主人自己，但如注八所引：「強飯」、「加餐」明明是漢代通行的慰勉別人的話語，不當反用來說自己。張玉穀解這兩句道：「不恨己之棄捐，惟願彼之強飯」，最是分明。我們的語言，句子沒有主詞是常態，有時候很容易弄錯，詩裡更其如此。「棄捐」就是「見棄捐」，也就是「被棄捐」；施受的語氣同一句式，也是我們語言的特別處。這「棄捐」在遊子也許是無可奈何，非出本願，在思婦卻總是「棄捐」，並無分別；所以她含恨的說：「反正我是被棄了，不必再提罷，你只保重自己好了。」

本詩有些複沓的句子，如既說「相去萬餘里」，又說「道路阻且長」，又說「相去日已遠」，反覆說一個意思，但頗有增變；「衣帶日已緩」和「思君令人老」也同一例。這種迴環複沓，是歌謠的生命，許多歌謠沒有韻，專靠這種組織來建築它們的體格，表現那強度的情感。只看現在流行的許多歌謠，或短或長，都從迴環複沓裡見出緊湊和單純，便可知道，不但歌謠，民間故事的基本形式，也是如此。詩從歌謠演化，迴環複沓的組織也是它的基本，三百篇和屈原的「辭」，都可看出這種痕跡。十九首出於本是歌謠的樂府，複沓是自然的，不過技巧進步，增變來得多一些。到了後世，詩漸漸受了散文的影響，情形卻就不一定這樣了。

青青河畔草

青青河畔草，
鬱鬱園中柳。
盈盈樓上女，
皎皎當牕牖。
娥娥紅粉糚，
纖纖出素手。
昔爲倡家女，
今爲蕩子婦。
蕩子行不歸，
空牀難獨守。

這顯然是思婦的詩，主人公便是那「蕩子婦」。「青青河畔草，鬱鬱園中柳」是春光盛的時節，是那蕩子婦樓上所見。蕩子婦樓上開牕遠望，望的是遠人，是那「行不歸」的「蕩子」。她卻只見遠處一片草，近處一片柳，那草沿著河畔一直青青下去，似乎沒有盡頭——也許會一直青青到蕩子的所在罷。傳為蔡邕的那首〈飲馬長城窟行〉開端道：「青青河邊草，綿綿思遠道」，正是這個意思。那茂盛的柳樹也惹人想念遠行不歸的蕩子。《三輔黃圖》說：「灞橋在長安東，……漢人送客至此橋，折柳贈別。」「柳」諧「留」音，折柳是留客的意思。漢人既有折柳贈別的風俗，這蕩子婦見了又「鬱鬱」起來的「園中柳」，想到當年分別時依依留戀的情景，也是自然而然的。再說，河畔的草青了，園中的柳茂盛了，正是行樂的時節，更是少年夫婦行樂的時節。可是「蕩子行不歸」，辜負了青春年少，及時而不能行樂，那是什麼日子呢！況且草青，柳茂盛，也許不只一回了，年年這般等閒的度過春光，那又是什麼日子呢！

「盈盈樓上女，皎皎當牕牖。娥娥紅粉糚，纖纖出素手。」描畫那蕩子婦的容態姿首，這是一個豔妝的少婦。「盈」通「嬴」。《廣雅》：「嬴，容也」，就是多儀態的意思。「皎」，《說文》：「月之白也」，說婦人膚色白晳。吳淇《選詩定論》說這是「以牕之光明，女之丰采並而爲一」，是不錯的。這兩句不但寫人，還夾帶敘事：上句登樓，下句開牕，都是爲了遠望。「娥」，《方言》：「秦晉之間，美貌謂之娥。」、「糚」又作「妝」、「裝」，飾也，指塗粉畫眉而言。「纖纖女手，可以縫裳」，是《韓詩・葛屨》篇的句子（《毛詩》作

「摻摻女手」）。《說文》：「纖，細也」，「摻，好手貌」；「好手貌」就是「細」，而「細」說的是手指。《詩經》裡原是嘆惜女人的勞苦，這裡「纖纖出素手」卻只見凭牕的姿態——「素」也是白皙的意思。這兩句專寫牕前少婦的臉和手——臉和手是一個人最顯著的部分。

「昔爲倡家女，今爲蕩子婦」，敘出主人公的身分和身世。《說文》：「倡，樂也」，就是歌舞妓。「蕩子」就是「遊子」，跟後世所謂「蕩子」略有不同。《列子》裡說：「有人去鄉土遊於四方而不歸者，世謂之爲狂蕩之人也」，可以爲證。這兩句詩有兩層意思，一是昔既作了倡家女，今又作了蕩子婦，眞是命不由人；二是作倡家女熱鬧慣了，作蕩子婦卻只有冷清清的，今昔相形，更不禁身世之感。況且又是少年美貌，又是春光盛時，蕩子只是遊行不歸，獨守空牀自然是「難」的。

有人以為詩中少婦「當𢡟」、「出手」，未免妖冶，未免賣弄，不是貞婦的行徑。《詩經．伯兮》篇道：「自伯之東，首如飛篷，豈無膏沐，誰適為容。」貞婦所行如此。還有說「空牀難獨守」，也不免於野，不免於淫。總而言之，不免放濫無恥，不免失性情之正，有乖於溫柔敦厚、怨而不怒的詩教。話雖如此，這些人卻沒膽量貶駁這首詩，他們只能曲解這首詩是比喻，這首詩實在看不出是比喻。十九首原沒有脫離樂府的體裁，樂府多歌詠民間風俗，本詩便是一例。世間是有「昔為倡家女，今為蕩子婦」的女人，她有她的身分，有她的想頭，有她的行徑，這些跟〈伯兮〉裡的女人滿不一樣，但別恨離愁卻一樣。只要真能表達出來這種女人的別恨離愁，恰到好處，歌詠是值得的。本詩和〈伯兮〉篇的女主人公其實都說不到貞淫上去，兩詩的作意只是怨，不過

〈伯兮〉篇的怨渾含些，本詩的怨刻露些罷了。豔妝登樓是少年愛好，「空牀難獨守」是不甘岑寂，其實也都是人之常情，不過說「空牀」也許顯得親熱些。「昔爲倡家女」的蕩子婦，自然沒有〈伯兮〉篇裡那貴族的女子節制那樣多。妖冶，野，是有點兒；賣弄、淫、放濫無恥，便未免是捕風捉影的苛論。王昌齡有一首〈春閨〉詩道：「閨中少婦不知愁，春日凝妝上翠樓。忽見陌頭楊柳色，悔教夫婿覓封侯。」正是從本詩變化而出。詩中少婦也是個蕩子婦，不過沒有說是倡家女罷了，這少婦也是「春日凝妝上翠樓」，歷來論詩的人卻沒有貶駁她的。潘岳〈悼亡〉詩第二首有句道：「展轉眄枕席，長簟竟牀空。牀空委清塵，室虛來悲風。」這裡說「枕席」，說「牀空」，卻贏得千秋的稱讚。可見豔妝登樓跟「空牀難獨守」並不算賣弄、淫、放濫無恥，那樣說的人只是憑了「昔爲倡家女」一層，將後來關於「娼妓」的種種聯想附會上去，想看那蕩子婦必有種種壞念頭、壞打算在心裡。那蕩子婦會不會有那些壞想頭，我們不得而知，但就詩論詩，卻只說到「難獨守」就戛然而止，還只是怨，怨而不至於怒，這並不違背溫柔敦厚的詩教。至於將不相干的成見讀進詩裡去，那是最足以妨礙了解的。

陸機〈擬古〉詩差不多亦步亦趨，他擬這一首道：「靡靡江離草，熠燿生河側。皎皎彼姝女，阿那當軒織。粲粲妖容姿，灼灼美顏色。良人游不歸，偏棲獨隻翼。空房來悲風，中夜起嘆息。」又，曹植〈七哀詩〉道：「明月照高樓，流光正徘徊。上有愁思婦，悲嘆有餘哀。借問嘆者誰？言是客子妻；君行逾十年，賤妾常獨棲。」這正是化用本篇語意。「客子」就是「蕩子」，「獨棲」就是「獨守」。曹植所了解的本詩主人公，也只是「高樓」上一個「愁思婦」而已。「倡家女」變爲「彼姝女」，「當牕牖」變爲「當軒織」，「粲粲妖容姿，灼灼美顏色」還保存原作的意思。「良人游不歸」就是「蕩子行不歸」，末三語是別恨離愁。這首擬作除「偏棲獨隻翼」一句稍稍刻露外，大體上比原詩渾含些、概括些，但是原詩作意只是寫別恨離愁而止，從此卻分明可以看出，陸機去十九首的時代不遠，他對於原詩的了解該是不至於有什麼歪曲的。

評論這首詩的都稱讚前六句連用疊字。顧炎武《日知錄》說：「詩用疊字最難。《衛風》（〈碩人〉）『河水洋洋，北流活活。施罛濊濊，鱣鮪發發，葭菼揭揭。庶姜孽孽。』連用六疊字，可謂複而不厭，賾而不亂矣。古詩『青青河畔草——纖纖出素手』，連用六疊字，亦極自然。下此即無人可繼。」連用疊字容易顯得單調，單調就重複可厭了。而連用的疊字也不容易處處確切，往往顯得沒有必要似的，這就亂了，因此說是最難，但是〈碩人〉篇跟本詩六句連用疊字，卻有變化。──《古詩源》說本詩六疊字從「河水洋洋」章化出，也許是的，就本詩而論，青青是顏色兼生態，鬱鬱是生態。

這兩組形容的疊字，跟下文的盈盈和娥娥，都帶有動詞性，例如開端兩句，譯作白話的調子，就得說，河畔的草青青了，園中的柳鬱鬱了，才合原詩的意思。盈盈是儀態，皎皎是人的丰采兼膓的光明，娥娥是粉黛的妝飾，纖纖是手指的形狀。各組疊字詞性不一樣，形容的對象不一樣，對象的複雜度也不一樣，就都顯得確切不移，這就重複而不可厭，繁賾而不覺亂了。〈碩人〉篇連用疊字，也異曲同工，但這只是因難見巧，還不是連用疊字的眞正理由。詩中連用疊字，只是求整齊，跟對偶有相似的作用，整齊也是一種迴環複沓，可以增進情感的強度。本詩大體上是順序直述下去，跟上一首不同，所以連用疊字來調劑那散文的結構。但是疊字究竟簡單些，用兩個不同的字，在聲音和意義上往往要豐富些。而數句連用疊字見出整齊，也只在短的詩句像四言五言裡如此；七言太長、字多，這種作用便不顯了。就是四言五言，這樣許多句連用疊字，也是可一而不可再，這一種手法的變化是有限度的，有人達到了限度，再用便沒有意義了，只看古典的四言五言詩中只各見了一例，就是明證。所謂「下此即無人可繼」，並非後人才力不及古人，只是疊字本身的發展有限，用不著再去「繼」罷了。

本詩除運用疊字外，還用對偶，第一二句、第七八句都是的。第七八句《初學記》引作「自云倡家女，嫁爲蕩子婦」。單文孤證，不足憑信。這裡變偶句爲散句，便減少了那迴環複沓的情味。「自云」直貫後四句，全詩好像曲折些。但是這個「自云」憑空而來，跟上文全不銜接，再說「空牀難獨守」一語，作詩人代言已不免於野，若變成「自云」，那就太野了些。《初學記》的引文沒有被採用，這些恐怕也都有關係的。

青青陵上柏

青青陵上柏，
磊磊澗中石。
人生天地間，
忽如遠行客。
斗酒相娛樂，
聊厚不爲薄。
驅車策駑馬，
遊戲宛與洛。
洛中何鬱鬱，
冠帶自相索。

長衢羅夾巷，
王侯多第宅。
兩宮遙相望，
雙闕百餘尺。
極宴娛心意，
戚戚何所迫。

本詩用三個比喻開端，寄託人生無常的慨嘆。陵上柏青青，澗（通澗）中石磊磊，都是長存的。青青是常青青。《莊子》：「仲尼曰：『受命於地，唯松柏獨也，在冬夏常青青。』」磊磊也是常磊磊

——磊磊，眾石也。人生卻是奄忽的、短促的；「人生天地間」，只如「遠行客」一般。《尸子》：「老萊子曰：『人生於天地之間，寄也。寄者固歸。』」《列子》：「死人爲歸人。」李善說：「則生人爲行人矣。」《韓詩外傳》：「二親之壽，忽如過客。」「遠行客」那比喻大約便是從「寄」、「歸」、「過客」這些觀念變化出來的。「遠行客」是離家遠行的客，到了哪裡，是暫住便去，不久即歸的。「遠行客」比一般「過客」更不能久住，這便加強了這個比喻的力量，見出詩人的創造工夫。詩中將陵上柏和澗中石跟遠行客般的人生對照，見得人生是不能像柏和石那樣長存的。遠行客是積極的比喻，柏和石是消極的比喻。陵上柏和澗中石是鄰近的，是連類而及，取它們作比喻，也許是即景生情，也許是所謂「近取譬」——用常識的材料作比喻。至於李善注引的《莊子》裡那幾句話，作詩人可能想到運用，但並不必然。

本詩主旨可借用「人生行樂耳」一語表明。「斗酒」和「極宴」是「娛樂」，「遊戲宛與洛」也是「娛樂」；人生既「忽如遠行客」，「戚戚」又「何所迫」呢？《漢書・東方朔傳》：「銷憂者莫若酒。」只要有酒，有酒友，落得樂以忘憂。極宴固可以「娛心意」，斗酒也可以「相娛樂」。極宴自然有酒友，「相」娛樂還是少不了酒友。斗是舀酒的器具，斗酒爲量不多，也就是「薄」，是不「厚」。極宴的厚固然好，斗酒的薄也自有趣味——只消且當作厚不以爲薄就行了。本詩人生無常一意顯然是道家思想的影響。「聊厚不爲薄」一語似乎也在摹倣道家的反語如「大直若屈」、「大巧若拙」之類，意在說厚薄的分別是無所謂的。但是好像弄巧成拙了，這實在是一個弱句，五個字只說一層意思，還不能透徹的或痛快的說出。這句式前無古人，後無來者，只是一個要不得罷了，若在東晉玄言詩人手裡，這意思便不至於寫出這樣累句，也是時代使然。

遊戲原指兒童。《史記．周本紀》說后稷「爲兒時」，「其遊戲好種樹麻菽」，該是遊戲的本義。本詩「遊戲宛與洛」卻是出以童心，一無所爲的意思。洛陽是東漢的京都，宛縣是南陽郡治所在，在洛陽之南，南陽是光武帝發祥的地方，又是交通要道，當時有「南都」之稱，張衡特爲作賦，自然也是繁盛的城市。《後漢書．梁冀傳》裡說：「宛爲大都，士之淵藪」，可以爲證。聚在這種地方的人多半爲利祿而來，詩中主人公卻不如此，所以說是「遊戲」。既然是遊戲，車馬也就無所用其講究，「驅車策駑馬」也就不在乎了。駑馬是遲鈍的馬，反正是遊戲，慢點兒也沒有什麼的。說是「遊戲宛與洛」，卻只將洛陽的繁華熱熱鬧鬧的描寫了一番，並沒有提起宛縣一個字，大概是因爲京都繁華第一，說了洛就可以見宛，不必再贅了罷？歌謠裡本也有一種接字格，「月光光」是最熟的例子。漢樂府裡已經有了，〈飲馬長城窟行〉可見。現在的歌謠卻只管接字，不管意義；全首滿是片段，意義毫不銜接——全首簡直無意義可言，推想古代歌謠當也有這樣的，不過沒有存留罷了。本詩「遊戲宛與洛」下接「洛中何鬱鬱」，便只就洛中發揮下去，更不照應上句，或許就是古代這樣的接字歌謠的遺跡，也未可知。

詩中寫東都，專從繁華著眼。開手用了「洛中何鬱鬱」一句讚嘆，「何鬱鬱」就是「多繁盛呵！」、「多熱鬧呵！」遊戲就是來看熱鬧的，也可以說是來湊熱鬧的，這是詩中主人公的趣味。以下分三項來說，冠帶往來是一，衢巷縱橫，第宅眾多是二，宮闕壯偉是三。「冠帶自相索」，冠帶的人是貴人，賈達《國語》注：「索，求也」，「自相索」是自相往來不絕的意思。「自相」是說貴人只找貴人，不把別人放在眼下，同時也有些別人不把他們放在眼下，儘他們來往他們的──他們的來往無非趨勢利、逐酒食而已，這就帶些刺譏了。「長衢羅夾巷，王侯多第宅」，羅就是列，《魏王．奏事》說：「出不由里門，面大道者，名曰第」，第只在長衢上。「兩宮遙相望，雙闕百餘尺」，蔡質《漢官典職》說：「南宮北宮相去七里」，雙闕是每一宮門前的兩座望樓。這後兩項固然見得京都的偉大，可是更見得京都的貴盛。將第一項合起來看，本詩寫東都的繁華，又是專從貴盛著眼。這是詩，不是賦，不能面面俱到，只能選擇最顯著、最重要的一面下手。至於「極宴娛心意」，便是上文所謂湊熱鬧了。「戚戚何所迫」，《論語》「小人長戚戚」，戚戚，常憂懼也。一般人常懷憂懼，有什麼迫不得已呢？——無非爲利祿罷了，短促的人生，不去飲酒、遊戲，卻爲無謂的利祿自苦，未免太不值得了，這一句不單就極宴說，是總結全篇的。

本詩只開始兩句對偶，「斗酒」兩句跟「極宴」兩句複沓；大體上是散行的。而且好像說到哪裡是哪裡，不嫌其盡的樣子，從「斗酒相娛樂」以下都如此——寫洛中光景雖自有剪裁，卻也有如方東澍《昭昧詹言》說的「極其筆力，寫到至足處」。這種詩有點散文化，不能算是含蓄蘊藉之作，可是不失爲嚴羽《滄浪詩話》所謂「沉著痛快」的詩。歷來論詩的都只讚嘆十九首的「優柔善入，婉而多風」，其實並不盡然。

今日良宴會

今日良宴會，
歡樂難具陳。
彈箏奮逸響，
新聲妙入神。
令德唱高言，
識曲聽其眞。
齊心同所願，
含意俱未申。
人生寄一世，
奄忽若飆塵。

何不策高足，
先據要路津。
無爲守窮賤，
轗軻長苦辛。

這首詩所詠的是聽曲感心，主要的是那種感，不是曲，也不是宴會。但是全詩從宴會敘起，一路迤邐說下去，順著事實的自然秩序，並不特加選擇和安排。前八語固然如此；以下一番感慨，一番議論，一番「高言」，也是痛快淋漓，簡直不怕說盡。這確是近乎散文，十九首還是樂府的體裁，樂府原只像現在民間的小曲似的，有時隨口編唱，近乎散文的地方是常有的。十九首雖然大概出於文人之手，但因模仿樂府，散文的成分不少，不過都還不失爲詩，本詩也並非例外。

開端四語只是直陳宴樂。這一日是「良宴會」，樂事難以備說；就中只提樂歌一件便可見。「新聲」是歌，「彈箏」是樂，是伴奏。新聲是胡樂的調子，當時人很愛聽；這兒的新聲也許就是〈西北有高樓〉裡的「清商」〈東城一何高〉裡的「清曲」。陸侃如先生的《中國詩史》據這兩條引證以及別的，說清商曲在漢末很流行，大概是不錯的。彈唱的人大概是些「倡家女」，從〈西北有高樓〉、〈東城一何高〉二詩可以推知。這裡只提樂歌一事，一面固然因爲聲音最易感人——「入神」便是「感人」的注腳；劉向〈雅琴賦〉道：「窮音之至入於神」，可以參看——一面還是因爲「識曲聽眞」，才引起一番感慨，才引起這首詩。這四語是引子，以下才是正文。再說這裡「歡樂難具陳」下直接「彈箏」二句，便見出「就中只說」的意思，無須另行提明，是詩體比散文簡省的地方。

「令德唱高言」以下四語，歧說甚多。上二語朱筠《古詩十九首說》說得最好：「『令德』猶言能者。『唱高言』，高談闊論，在那裡說其妙處，欲令『識曲』者『聽其眞』。」曲有聲有辭。一般人的賞識似乎在聲而不在辭。只有聰明人才會賞玩曲辭，才能辨識曲辭的眞意味，這種聰明人便是知音的「令德」。「高言」就是妙論，就是「人生寄一世」以下的話。「唱」是「唱和」的「唱」。聰明人說出座中人人心中所欲說而說不出的一番話，大家自是欣然應和的，這也在「今日」的「歡樂」之中。「齊心同所願」是人人心中所欲說，「含意俱未申」

是口中說不出。二語中複沓著「齊」、「同」、「俱」等字，見得心同理同，人人如一。

曲辭不得而知，但是無論歌詠的是富貴人的懽悰還是窮賤人的苦緒，都能引起詩中那一番感慨。若是前者，感慨便由於相形見絀；若是後者，便由於同病相憐。話卻從人生如寄開始，既然人生如寄，見絀便更見絀，相憐便更相憐了。而「人生一世」不但是「寄」，簡直像捲地狂風裡的塵土，一忽兒就無蹤影，這就更見迫切。「飆塵」當時是個新比喻，比「寄」比「遠行客」更「奄忽」，更見人生是短促的。人生既是這般短促，自然該及時歡樂，才不白活一世。富貴才能盡情歡樂，「窮賤」只有「長苦辛」，那麼，爲什麼「守窮賤」呢？爲什麼不趕快去求富貴呢？

「何不策高足，先據要路津。」就是「爲什麼不趕快去求富貴呢？」這兒又是一個新比喻。「高足」是良馬、快馬，「據要路津」便是《孟子》裡「夫子當路於齊」的「當路」。何不驅車策良馬快去占住路口、渡口——何不早早弄些高官做呢？——貴了也就富了。「先」該是捷足先得的意思。《史記》：「蒯通曰：『秦失其鹿，天下共逐之，高材捷足者先得焉。』」正合「何不」兩句語意。從塵想到車，從車說到「轗軻」，似乎是一串兒，並非偶然。轗軻，不遇也；《廣韻》：「車行不利曰轗軻，故人不得志亦謂之轗軻。」「車行不利」是轗軻的本義，「不遇」是引申義。《楚辭》裡已只用引申義，但本義存在偏旁中，是不易埋沒的。本詩用的也是引申義，可是同時牽涉著本義，和上文相照應。「無爲」就是「毋爲」，等於「毋」。這是一個熟語。《詩經・板》篇有「無爲夸毗」一句，鄭玄《箋》作「女（汝）無（毋）夸毗」，可證。

「何不」是反詰，「無爲」是勸誡，都是迫切的口氣。那「令德」和在座的人說：我們何不如此如此呢？我們再別如彼如彼了啊！人生既「奄忽若飆塵」，歡樂自當亟亟求之，富貴自當亟亟求之，所以用得著這樣迫切的口氣，這是詩，這同時又是一種不平的口氣。富貴是並不易求的；有些人富貴，有些人窮賤，似乎是命運使然。窮賤的命不由人，心有不甘，「何不」四語便是那悵惘不甘之情的表現，這也是詩。明代鍾惺說：「歡宴未畢，忽作熱中語，不平之甚。」陸時雍說：「慷慨激昂。『何不——苦辛』，正是欲而不得。」清代張玉穀說：「感憤自嘲，不嫌過直。」都能搔著癢處。詩中人卻並非孔子的信徒，沒有安貧樂道，「君子固窮」等信念。他們的不平不在守道而不得時，只在守窮賤而不得富貴，這也不失其爲眞。有人說是「反辭」、「詭辭」，是「諷」是「譴」，那是蔽於儒家的成見。

陸機擬作變「高言」爲「高談」，他敘那「高談」道：「人生無幾何，爲樂常苦晏。譬彼伺晨鳥，揚聲當及旦。曷爲恆憂苦，守此貧與賤。」「伺晨鳥」一喻雖不像「策高足」那一喻切露，但「揚聲當及旦」也還是「亟亟求之」的意思。而上文「爲樂常苦晏」，原詩卻未明說，有了這一語，那「揚聲」自然是求富貴而不是求榮名了。這可以旁證原詩的主旨。

西北有高樓

西北有高樓，
上與浮雲齊。
交疏結綺牕，
阿閣三重階。
上有絃歌聲，
音響一何悲。
誰能爲此曲，
無乃杞梁妻。
清商隨風發，
中曲正徘徊。

一彈再三嘆，
慷慨有餘哀。
不惜歌者苦，
但傷知音稀。
願爲雙鳴鶴，
奮翅起高飛。

這首詩所詠的也是聞歌心感，但主要的是那「絃歌」的人，是從歌曲裡聽出的那個人。這兒絃歌的人只是一個，聽歌心感的人也只是一個。「西北有高樓」，「絃歌聲」從那裡飄下來，絃歌的人是在那高樓上，那高樓高入雲霄，可望而不可即。四面的牕子都「交疏結綺」，玲瓏工細，「交疏」是花格子，「結綺」是格子連結著像絲織品的花紋似的。「閣」就是樓，「阿閣」是「四阿」的樓；司馬相如〈上林賦〉有「離宮別館，……高廊四注」的話，「四注」就是「四阿」，也就是四面有簷，四面有廊。「三重階」可見樓不在地上而在臺上。阿閣是宮殿的建築，即使不是帝居，也該是王侯的第宅。在那高樓上絃歌的人自然不是尋常人，更只可想而不可即。

絃歌聲的悲引得那聽者駐足。他聽著，好悲啊！眞悲極了！「誰能作出這樣悲的歌曲呢？莫不是杞梁妻嗎？」齊國杞梁的妻子「善哭其夫」，見於《孟子》。《列女傳》道：「杞梁之妻無子，內外皆無五屬之親。既無所歸，乃枕其夫之屍於城下而哭。內誠動人，道路過者莫不爲之揮涕，十日而城爲之崩。」《琴曲》有杞梁妻嘆，《琴操》說是杞梁妻所作。《琴操》說：梁死，「妻嘆曰：『上則無父，中則無夫，下則無子，將何以立吾節？亦死而已。』援琴而鼓之。曲終，遂自投淄水而死。」杞梁妻善哭，〈杞梁妻嘆〉是悲嘆的曲調。

本詩引用這樁故事，也有兩層意思。第一是說那高樓上的絃歌聲好像〈杞梁妻嘆〉那樣悲。「誰能」二語和別一篇古詩裡「誰能爲此器？公輸與魯班。」句調相同。那兩句只等於說「這東西巧妙極了！」這兩句在第一意義下，也只等於說「這曲子眞悲極了！」說了「一何悲」，又接上這兩句，爲的是增強語氣；「悲」還只是概括的，這兩句卻是具體的——「音響一何悲」的「音響」似乎重複了上句的「聲」，似乎只是爲了湊成五言。古人句律寬鬆，這原不足爲病。但《樂記》裡說「聲成文謂之音」，而響爲應聲也是古義，那麼，分析的說起來，「聲」和「音響」還是不同的。「誰能」二語，假設問答，本是樂府的體裁。樂府多一半原是民歌，民歌有些是對著大眾唱的，用了問答的語句，有時只是爲使聽眾感覺自己在歌裡也有份兒——答語好像是他們的。但那別一篇古詩裡的「誰能」二語跟本詩裡的，除應用這個有趣味的問答式之外，還暗示一個主旨，那就是只有公輸與魯班能爲此器（香爐），只有杞梁妻能爲此曲。本詩在答句裡卻多了「無乃」這個否定的反詰語，那是使語氣婉轉些。

這兒語氣帶些猶疑，卻是必要的。「誰能」二句其實是雙關語，關鍵在「此曲」上。「此曲」可以是舊調舊辭，也可以是舊調新辭——下文有「清商隨風發」的話，似乎不會是新調；可以是舊調舊辭，便蘊含著「誰能」二句的第一層意思，就是上節所論的；可以是舊調新辭，便蘊含著另一層意思。這就是說，爲此曲者莫不是杞梁妻一類人嗎？——曲本兼調和辭而言。這也就是說那位「歌者」莫不是一位冤苦的女子嗎？宮禁裡，侯門中，怨女一定是不少的；〈長門賦〉、〈團扇辭〉、〈烏鵲雙飛〉所說的只是些著名的，無名的一定還多。那高樓上的歌者可能就是一個，至少聽者可以這樣想，詩人可以這樣想。陸機擬作裡便直說道：「佳人撫琴瑟，纖手清且閒。芳氣隨風結，哀響馥若蘭。玉容誰得顧？傾城在一彈。」語語都是個女人。曹植〈七哀詩〉開端道：「明月照高樓，流光正徘徊。上有愁思婦，悲嘆有餘哀。」似乎也多少襲用本詩的意境，那高樓上也是個女人。這些都可供旁證。

「上有絃歌聲」是敘事，「音響一何悲」是感嘆句，表示曲的悲，也就是表示人——歌者跟聽者——的悲。「誰能」二語進一步具體的寫曲寫人。「清商」四句才詳細的描寫歌曲本身，可還兼顧著人。朱筠說「隨風發」是曲之始，「正徘徊」是曲之中，「一彈三嘆」是曲之終，大概不錯。商音本是「哀響」，加上「徘徊」，加上「一彈再三嘆」，自然「慷慨有餘哀」。徘徊，《後漢書・蘇竟傳》注說是「縈繞淹留」的意思。歌曲的徘徊也正暗示歌者心頭的徘徊，聽者足下的徘徊。《樂記》說：「『清廟』之瑟……壹倡而三嘆，有遺音者矣」，鄭玄注：「倡，發歌句也，三嘆，三人從而嘆之耳。」這個嘆大概是和聲。本詩「一彈再三嘆」大概也指複沓的曲句或泛聲而言；一面還照顧著杞梁的妻的嘆，增強曲和人的悲。《說文》：「慷慨，壯士不得志於心也。」這兒卻是怨女的不得志於心——也許有人想，宮禁千門萬戶，侯門也深如海，外人如何聽得清高樓上的絃歌聲呢？這一層，姑無論詩人設想原可不必黏滯實際，就從實際說，也並非不可能的；唐代元稹的〈連昌宮詞〉裡不是說過嗎？「李謩擫笛傍宮牆，偷得新翻數般曲」？還有，陸機說「佳人撫琴瑟」，撫琴瑟自然是想像之辭；但參照別首，或許是「彈箏奮逸響」也未可知。

歌者的苦，聽者從曲中聽出想出，自然是該痛惜的。可是他說「不惜」，他所傷心的只是聽她的曲而知她的心的人太少了，其實他是在痛惜她，固然痛惜她的冤苦，卻更痛惜她的知音太少。一個不得志的女子禁閉在深宮內院裡，苦是不消說的，更苦的是有苦說不得；有苦說不得，只好借曲寫心，最苦的是沒人懂得她的歌曲，知道她的心。這樣說來，「知者稀」眞是苦中苦，別的苦還在其次。「不惜」、「但傷」

是這個意思。這裡是詩比散文經濟的地方。知音是引用俞伯牙、鍾子期的故事。僞《列子》道：「伯牙善鼓琴，鍾子期善聽。伯牙鼓琴，志在登高山。鍾子期曰：『善哉！峨峨兮若泰山。』志在流水。鍾子期曰：『善哉！洋洋兮若江河。』伯牙所念，鍾子期必得之。」《列子》雖是僞書，但這個故事來源很古（《呂氏春秋》中有）；因爲《列子》裡敘得合用些，所以引在這裡。「伯牙所念，鍾子期必得之」，這才是「善聽」，才是知音，這樣的知音也就是知心、知己，自然是很難遇的。

本詩的主人公是那聽者，全首都是聽者的口氣。「不惜」的是他，「但傷」的是他，「願爲雙鳴鶴，奮翅起高飛。」「願」的也是他。這末兩句似乎是樂府的套語。〈東城高且長〉篇末作「思爲雙飛燕，銜泥巢君屋」；僞蘇武詩第二首襲用本詩的地方很多，篇末也說

「願爲雙黃鵠，送子俱遠飛」，篇中又有「何況雙飛龍，羽翼臨當乖」的話。蘇武詩雖是僞託，時代和十九首相去也不會太遠的。從本詩跟〈東城高且長〉看，雙飛鳥的比喻似乎原是用來指男女的——僞蘇武詩裡的雙飛龍，李善《文選注》說是「喻己及朋友」，雙黃鵠無注，李善大概以爲跟雙飛龍的喻意相同，這或許是變化用之。——本詩的雙鳴鶴，該是比喻那聽者和那歌者。一作雙鴻鵠，意同。鶴和鴻鵠都是鳴聲嘹亮，跟「知音」相照應。「奮翅」句也許出於《楚辭》的「將奮翼兮高飛」。高，遠也，見《廣雅》。但《詩經．邶風．柏舟》篇末「靜言思之，不能奮飛」二語的意思，「願爲」兩句裡似乎也蘊含著。這是俞平伯先生在《葺芷繚衡室古詩札記》裡指的。那二語卻是一個受苦的女子的話。唯其那歌者不能奮飛，那聽者才「願」爲鳴鶴，雙雙奮飛。不過，這也只是個「願」，表示聽者的「惜」的「傷」，表示他的深切的同情罷了，那悲哀終究是「綿綿無盡期」的。

涉江采芙蓉

涉江采芙蓉，
蘭澤多芳草。
采之欲遺誰，
所思在遠道。
還顧望舊鄉，
長路漫浩浩。
同心而離居，
憂傷以終老。

這首詩的意旨只是遊子思家。詩中引用《楚辭》的地方很多，成辭也有，意境也有，但全詩並非思君之作。十九首是仿樂府的，樂府裡沒有思君的話，漢魏六朝的詩裡也沒有，本詩似乎不會是例外。「涉江」是《楚辭》的篇名，屈原所作的〈九章〉之一。本詩是借用這個成辭，一面也多少暗示著詩中主人的流離轉徙——〈涉江〉篇所敘的正是屈原流離轉徙的情形。採芳草送人，本是古代的風俗。《詩經．鄭風．溱洧》篇道：「溱與洧，方渙渙兮，士與女，方秉蕑兮。」《毛傳》：「蕑，蘭也。」《詩》又道：「日往觀乎，洧之外，洵訏且樂。維士與女，伊其相謔，贈之以勺藥。」鄭玄《箋》說士與女分別時，「送女以勺藥，結恩情也。」《毛傳》說勺藥也是香草。《楚辭》也道：「采芳洲兮杜若，將以遺兮下女」，「搴汀洲兮杜若，將以遺兮遠者」，「被石蘭兮帶杜衡，折芳馨兮遺所思」，「折疏麻兮瑤華，將以遺兮離居」。可見採芳相贈，是結恩情的意思，男女都可，遠近也都可。

本詩「涉江采芙蓉，蘭澤多芳草」便說的採芳。芙蓉是蓮花，〈溱洧〉篇的蕳，《韓詩》說是蓮花；本詩作者也許兼用《韓詩》的解釋，蓮也是芳草。這兩句是兩回事，河裡採芙蓉是一事，蘭澤裡採蘭另是一事。「多芳草」的芳草就指蘭而言。《楚辭．招魂》道：「皋蘭被徑兮斯路漸」，王逸注：「漸，沒也，言澤中香草茂盛，覆被徑路。」這正是「蘭澤多芳草」的意思。〈招魂〉那句下還有「目極千里兮傷春心，魂兮歸來哀江南」二語。本詩「蘭澤多芳草」引用〈招魂〉，還暗示著傷春思歸的意思。採芳草的風俗，漢代似乎已經沒有。作詩人也許看見一些芳草，即景生情，想到古代的風俗，便根據《詩經》、《楚辭》，虛擬出採蓮採蘭的事實來。詩中想像的境地本來多，只要有暗示力就成。

採蓮採蘭原爲的送給「遠者」、「所思」的人、「離居」的人——這人是「同心」人，也就是妻室。可是採芳送遠到底只是一句自慰的話，一個自慰的念頭；道路這麼遠這麼長，又怎樣送得到呢？辛辛苦苦的東採西採，到手一把芳草；這才恍然記起所思的人還在遠道，沒法子送去。那麼，採了這些芳草是要給誰呢？不是白費嗎？不是傻嗎？古人道：「詩之失，愚」，正指這種境地說。這種愚只是無可奈何的自慰。「采之欲遺誰，所思在遠道。」不是自問自答，是一句話，是自詰自嘲。

記起了「所思在遠道」，不免爽然自失。於是乎「還顧望舊鄉」。〈涉江〉裡道：「乘鄂渚而反顧兮」，〈離騷〉裡也有「忽臨睨夫舊鄉」的句子。古樂府道：「遠望可以當歸」；「還顧望舊鄉」又是一種無可奈何的自慰。可是「長路漫浩浩」，舊鄉哪兒有一些蹤影呢？不免又是一層失望。漫漫，長遠貌，《文選》左思〈吳都賦〉劉淵林注。浩浩，廣大貌，《楚辭・懷沙》王逸注。這一句該是「長路漫漫浩浩」的省略。漫漫省為漫，疊字省為單辭，《詩經》裡常見。這首詩以前，這首詩以後，似乎都沒有如此的句子。「還顧望舊鄉」一語，舊解紛歧。一說，全詩是居者思念行者之作，還顧望鄉是居者揣想行者如此這般（姜任修《古詩十九首繹》、張玉穀《古詩賞析》）。曹丕〈燕歌行〉道：「念君客遊思斷腸，慊慊思歸戀故鄉」，正是居者從對面揣想，但那裡說出「念君」，脈絡分明。本詩的「還顧」若也照此解說，卻似乎太曲折些。這樣曲折的組織，唐宋詩裡也只偶見，古詩裡是不會有的。

本詩主人在兩層失望之餘，逼得只有直抒胸臆；採芳既不能贈遠，望鄉又茫無所見，只好心上溫尋一番罷了。這便是「同心而離居，憂傷以終老」二語。由相思而採芳草，由採芳草而望舊鄉，由望舊鄉而回到相思，兜了一個圈子，眞是無可奈何到了極處。所以有「憂傷以終老」這樣激切的口氣。《周易》：「二人同心」，這裡借指夫婦。同心人該是生同室，死同穴，所謂「偕老」。現在卻「同心而離居」；「道路阻且長，會面安可知」，想來是只有憂傷終老的了。「而離居」的「而」字包括著離居的種種因由、種種經歷；古詩渾成，不描寫細節，也是時代使然。但讀者並不感到缺少，因爲全詩都是粗筆，這兒一個「而」字儘夠咀嚼的。「憂傷以終老」一面是怨語，一面也重申「同心」的意思——是說儘管憂傷，絕無兩意。這兩句兼說自己和所思的人，跟上文專說自己的不同；可是下句還是側重在自己身上。

本詩跟〈庭中有奇樹〉一首，各只八句，在十九首中是最短的。這一首裡複沓的效用最易見，首二語都是採芳草，「遠道」一面跟「舊鄉」是一事；一面又跟「長路漫浩浩」是一事，八句裡雖然複沓了好些處，卻能變化。〈涉江〉說「采」，下句便省去「采」字，句式就各別，而兩語的背景又各不相同。遠道是泛指，舊鄉是專指；遠道是「天一方」，「長路漫浩浩」是這「一方」到那「一方」的中間，這樣便不單調。而詩中主人相思的深切卻得藉這些複沓處顯出，既採蓮，又採蘭，是唯恐恩情不足。所思的人、所在的地方，兩次說及，也爲的增強力量。既說道遠，又說路長，再加上「漫浩浩」，只是「會面安可知」的意思。這些都是相思，也都是「憂傷」，都是從「同心而離居」來的。

明月皎夜光

明月皎夜光，
促織鳴東壁。
玉衡指孟冬，
眾星何歷歷。
白露沾野草，
時節忽復易。
秋蟬鳴樹間，
玄鳥逝安適。
昔我同門友，
高舉振六翮。

不念攜手好，
棄我如遺跡。
南箕北有斗，
牽牛不負軛。
良無盤石固，
虛名復何益。

這首詩是怨朋友不相援引，語意明白，這是秋夜即興之作。《詩經．月出》篇：「月出皎兮。……勞心悄兮。」「明月皎夜光」一面描寫景物，一面也暗示著悄悄的勞心。促織是蟋蟀的別名。「鳴東壁」，

「東壁向陽，天氣漸涼，草蟲就暖也」（張庚《古詩十九首解》）。《詩經・七月》篇道：「七月在野，八月在宇，九月在戶，十月蟋蟀入我牀下」，可以參看。《春秋說題辭》說：「趣（同促）織之爲言趣（促）也。織與事遽，故趣織鳴，女作兼也。」本詩不用蟋蟀而用促織，也許略含有別人忙於工作，自己卻偃蹇無成的意思。

「玉衡指孟冬，眾星何歷歷」也是秋夜所見，但與「明月皎夜光」不同時，因爲有月亮的當兒，眾星是不大顯現的。這也許指的上弦夜，先是月明，月落了，又是星明；也許指的是許多夜。這也暗示秋天夜長，詩中主人「憂愁不能寐」的情形。玉衡見《尚書・堯典》（僞古文見〈舜典〉）是一支玉管兒，插在璿璣（一種圓而可轉的玉器）裡窺測星象的。這兒卻借指北斗星的柄，北斗七星，形狀像個舀酒的大斗

——長柄的勺子，第一星至第四星成勺形，叫斗魁，第五星至第七星成柄形，叫斗杓，也叫斗柄。《漢書．律曆志》已經用玉衡比喻斗杓，本詩也是如此。古人以爲北斗星一年旋轉一周，他們用斗柄所指的方位定十二月二十四氣，斗柄指著什麼方位，他們就說是哪個月、哪個節氣，這在當時是常識，差不多人人皆知。「玉衡指孟冬」，便是說斗柄已指著孟冬的方位了，這其實也就是說，現在已到了冬令了。

這一句裡的孟冬，李善說是夏曆的七月，因爲漢初是將夏曆的十月作正月的。歷來以爲十九首裡有西漢詩的，這句詩是重要的客觀的證據。但古代曆法，向無定論，李善的話也只是一種意見，並無明確的記載可以考信。俞平伯先生在《清華學報》曾有長文討論這句詩，結論說它指的是夏曆九月中，這個結論很可信。陸機擬作道：「歲暮涼風發，昊天肅明明。招搖西北指，天漢東南傾。」招搖是斗柄的別名。「招搖西北指」該與「玉衡指孟冬」同義。據《淮南子・天文訓》，斗柄所指，西北是夏曆九月十月之交的方位，而正西北是立冬的方位。本詩說「指孟冬」，該是作於夏曆九月立冬以後；斗柄所指該是西北偏北的方位，這跟詩中所寫別的景物都無不合處。「眾星何歷歷。」歷歷是分明。秋季天高氣清，所謂「昊天肅明明」，眾星更覺分明，所以用了感嘆的語調。

「明月皎夜光」四語，就秋夜的見聞起興。「白露沾野草，時節忽復易。秋蟬鳴樹間，玄鳥逝安適。」卻接著泛寫秋天的景物。《禮記》：「孟秋之月，白露降」，又「孟秋，去蟬鳴」；又「仲秋之月，玄鳥歸」——鄭玄注，玄鳥就是燕子。《禮記》的時節只是紀始。九月裡還是有白露的，雖然立了冬，而立冬是在霜降以後，但節氣原可以早晚些，九月裡也還有寒蟬，八月玄鳥歸，九月裡說「逝安適」，更無不可。這裡「時節忽復易」兼指白露、秋蟬、玄鳥三語；因為白露同時是個節氣的名稱，便接著「沾野草」說下去。這四語見出秋天一番蕭瑟的景象，引起宋玉以來傳統的悲秋之感。而「時節忽復易」，「歲暮一何速」（〈東城高且長〉中句），詩中主人也是「貧士失職而志不平」，也是〈淹留而無成〉（宋玉〈九辯〉），自然感慨更多。

「昔我同門友」以下便是他自己的感慨來了。何晏《論語集解》「有朋自遠方來，不亦樂乎。」下引包咸曰：「同門曰朋。」邢昺《疏》引鄭玄《周禮註》：「同師曰朋，同志曰友」，說同門是同在師門受學的意思。同門友是很親密的，所以下文有「攜手好」的話。《詩經》裡道：「惠而好我，攜手同車」，也是很親密的。從前的同門友現在是得意起來了。「高舉振六翮」是比喻。《韓詩外傳》：「蓋桑曰：『夫鴻鵠一舉千里，所恃者六翮耳。』」翮是羽莖，六翮是大鳥的翅膀。同門友好像鴻鵠一般高飛起來了。上文說玄鳥，這兒便用鳥作比喻。前面兩節的連繫就靠這一點兒，似連似斷的。同門友得意了，卻「不念攜手好，棄我如遺跡」了。《國語．楚語》下：「靈王不顧於民，一國棄之，如遺跡焉。」韋昭注，像行路人遺棄他們的足跡一樣。今昔懸殊，雲泥各判，又怎能不感慨係之呢？

「南箕北有斗，牽牛不負軛」，李善注：「言有名而無實也。」《詩經》：「維南有箕，不可以簸揚；維北有斗，不可以挹酒漿。」「睆彼牽牛，不以服箱。」箕是簸箕，用來揚米去糠；服箱是拉車；

負軛是將軛架在牛頸上，也還是拉車。名為箕而不能簸米，名為斗而不能舀酒，名為牛而不能拉車，所以是「有名而無實」。無實的名只是「虛名」，但是詩中只將牽牛的有名無實說出，「南箕」、「北有斗」卻只引《詩經》的成辭，讓讀者自己去聯想，這種歇後的手法，偶然用在成套的比喻的一部分裡，倒也新鮮，見出巧思。這兒的箕、斗、牽牛雖也在所見的歷歷眾星之內，可是這兩句不是描寫景物而是引用典故來比喻朋友，朋友該相援引，名為朋友而不相援引，朋友也只是「虛名」。「良無盤石固」，良，信也，聲類，「盤，大石也。」固是「不傾移」，《周易・繫辭》下「德之固也」注如此；《荀子・儒效》篇也道：「萬物莫足以傾之之謂固。」〈孔雀東南飛〉裡蘭芝向焦仲卿說：「君當作盤石，妾當作蒲葦。蒲葦紉如絲，盤石無轉移。」仲卿又向蘭芝說：「盤石方且厚，可以卒千年。」可見「盤石固」是大石頭穩定不移的意思。照以前「同門」、「攜手」的情形，交情該是盤石般穩固的，可是現在「棄我如遺跡」了，交情究竟沒有盤石般穩固呵！那麼，朋友的虛名又有什麼用處呢！只好算白交往一場罷了。

本詩只開端二語是對偶，「秋蟬」二語偶而不對，其餘都是散行句。前節描寫景物，也不盡依邏輯的順序，如促織夾在月星之間，以及「時節忽復易」夾在白露跟秋蟬玄鳥之間，但詩的描寫原不一定依照邏輯的順序，只要有理由。「時節」句上文已論，「促織」句跟「明月」句對偶著，也就不覺得雜亂。而這二語都是韻句，韻腳也給它們凝整的力量，再說從大處看，由秋夜見聞起手，再寫秋天的一般景物，層次原也井然。全詩又多直陳，跟〈青青陵上柏〉、〈今日良宴會〉有相似處，但結構自不相同。詩中多用感嘆句，如「衆星何歷歷」、「時節忽復易」、「玄鳥逝安適」、「虛名復何益」也和〈青青陵上柏〉裡的「極宴娛心意，戚戚何所迫。」〈今日良宴會〉裡的「何不策高足，先據要路津。無爲守窮賤，轗軻長苦辛。」相似。直陳要的是沉著痛快，感嘆句能增強這種效用。詩中可也用了不少比喻，六翮、南箕北斗、牽牛，都是舊喻新用，盤石是新喻，玉衡、遺跡，是舊喻。這些比喻，特別是箕、斗、牽牛那一串兒，加上開端二語牽涉到的感慨，足以調劑直陳諸語，免去專一的毛病。本詩前後兩節聯繫處很鬆泛，上面已述及，鬆泛得像歌謠裡的接字似的。〈青青陵上柏〉裡利用接字增強了組織，本詩六翮接玄鳥，前後是長長的兩節，這個效果便見不出。不過，箕、斗、牽牛既照顧了前節的「眾星何歷歷」，而從傳統的悲秋到失志無成之感到怨朋友不相援引，逐層遞進，內在的組織原也一貫。所以詩中雖有些近乎散文的地方，但就全體而論，卻還是緊湊的。

冉冉孤生竹

冉冉孤生竹，
結根泰山阿。
與君爲新婚，
兔絲附女蘿。
兔絲生有時，
夫婦會有宜。
千里遠結婚，
悠悠隔山陂。
思君令人老，
軒車來何遲。

傷彼蕙蘭花，
含英揚光輝。
過時而不采，
將隨秋草萎。
君亮執高節，
賤妾亦何爲。

吳淇說這是「怨婚遲之作」（《選詩定論》），是不錯的。方廷珪說「與君爲新婚」、「只是媒妁成言之始，非嫁時」（《文選集成》），也是不錯的。這裡「爲新婚」只是訂了婚的意思。訂了婚卻老不成婚，道路是悠悠的，歲月也是悠悠的？怎不「思君令人老」呢？一面說「與君」、「思君」、「君亮」，一面說「賤妾」顯然是怨女在向未婚夫說話。但既然「爲新婚」，照古代的交通情形看，即使不同鄉里，也該相去不遠才是，怎麼會「千里遠」、「隔山陂」呢？也許那男子隨宦而來；訂婚在幼年，以後又跟著家裡人到了遠處或回了故鄉，也許他自己爲了種種緣故，作了天涯遊子。詩裡沒有提，我們只能按情理這樣揣想罷了，無論如何，那女子老等不著成婚的信兒是眞的。照詩裡的口氣，那男子雖遠隔千里，卻沒有失蹤，至少他的所在那女子是還知道的。說「軒車來何遲」說「君亮執高節」，明明有個人在那裡。軒車是有欄杆的車子，據杜預《左傳註》，是大夫乘坐的。也許男家是做官的；也許這只是個套語，如後世歌謠裡的「牙牀」之類。這軒車指的是男子來親迎的車子。彼此相去千里，隔著一重重山陂，那女子似乎又無父母，自然只有等著親迎一條路。男大當婚，女大當嫁，彼此到了婚嫁的年紀，那男子卻總不來親迎，怎不令人憂愁相思要變老了呢！「思君令人老」是個套句，但在這裡並不缺少力量。

究竟「軒車來何遲」呢？詩裡也不提及。可能的原因似乎只有兩個：一是那男子窮，道路隔得這麼遠，親迎沒有這筆錢；二是他棄了那女子；道路隔得這麼遠，歲月隔得這麼久，他懶得去實踐那婚約——甚至於已經就近另娶，也沒有準兒。照詩裡的口氣，似乎不是因爲窮，詩裡的話，那麼纏綿固結，若軒車不來是因爲窮，該有些體貼的句子，可是沒有，只說了「君亮執高節」一句話，更不去猜想軒車來遲的因由，好像那女子已經知道，用不著猜想似的。亮，信也——你一定「守節情不移」，不至於變心負約的。果能如此，我又爲何自傷呢？——上文道：「傷彼蕙蘭花，……」；「賤妾亦何爲」就是何爲「傷彼」，而「傷彼」也就是自傷。張玉穀說這兩句「代揣彼心，自安己分」（《古詩賞析》），可謂確切，不過「代揣彼心」未必是彼眞心；那女子口裡儘管說「君亮執高節」，心裡卻在惟恐他不「執高節」，這是一句原諒他，代他迴護，也安慰自己的話。他老不來，老不給成婚的信兒，多半是變了心，負了約，棄了她，可是她不能相信這個。她想他、盼他，希望他「執高節」，惟恐他不如此，是眞的，但願他還如此，也是眞的。軒車不來，卻只說「來何遲」。相隔千里，不能成婚，卻還說「千里遠結婚」——儘管千里，彼此結爲婚姻，總該是固結不解的，這些都出於同樣的一番苦心，一番希望。這是「怨而不怒」，也是「溫柔敦厚」。

婚姻貴在及時，她能說的、敢說的，只是這個意思。「兔絲生有時」、「過時而不采」都從「時」字著眼。既然「與君爲新婚」，既然結爲婚姻，名分已定，情好也會油然而生，也許彼此還沒有見過面，但自己總是他的人，盼望及時成婚，正是常情所同然。他的爲人，她不能詳細知道，她只能說她自己的，她對他的情好是怎樣的纏綿固結呵！她盼望他來及時成婚，又怎樣的熱切呵！全詩用了三個比喻，只是迴環複沓的暗示著這兩層意思。「冉冉孤生竹，結根泰山阿」、「兔絲附女蘿」都暗示她那纏綿固結的情好。冉冉是柔弱下垂的樣子，山阿是山彎裡。泰山，王念孫《讀書雜誌》說是「大山」之訛，可信；大山猶如高山。李善注：「竹結根於山阿，喻婦人託身於君子也。」「孤生」似乎暗示已經失去父母，因此更需有所依託——也幸而有了依託。弱女依託於你，好比孤生竹結根於大山之阿——她覺得穩固不移。女蘿就是松蘿。陸璣《毛詩草木疏》：「今松蘿蔓松而生，而枝正青。兔絲草蔓聯草上，黃赤如金，與松蘿殊異。」「兔絲附女蘿」，只暗示纏結的意思。李白詩：「君爲女羅草，妾作兔絲華」，以爲女蘿是指男子，兔絲是女子自指。就本詩本句和下文「兔絲生有時」句看，李白是對的。這裡兩個比喻中間插入「與君爲新婚」一句，前後照應，有一箭雙鵰之妙。還有，《楚辭・山鬼》道：「若有人兮山之阿」、「思公子兮徒離憂」。本詩「結根大山阿」更暗示著下文「思君令人老」那層意思。

「兔絲生有時」，爲什麼單提兔絲，不說女蘿呢？兔絲有花，女蘿沒有；花及時而開，夫婦該及時而會。「夫婦會有宜」，宜，得其所也；得其所也便是得其時。這裡兔絲雖然就是上句的兔絲——蟬聯而下，也是接字的一格——可是不取它的「附女蘿」爲喻，而取它的「生有時」爲喻，意旨便各別了。這兩語是本詩裡僅有的偶句，本詩比喻多，得用散行的組織才便於將這些彼此不相干的比喻貫串起來，所以偶句少。下文蕙蘭花是女子自比，有花的兔絲也是女子自比。女子究竟以色爲重，將花作比，古今中外，心同理同——夫婦該及時而會，可是千里隔山陂，「軒車來何遲」呢！於是乎自傷了。「一幹一花而香有餘者，蘭；一幹數花而香不足者，蕙」，見《爾雅・翼》；總而言之是香草。花而不實者謂之英，見《爾雅》。花而不實，只以色爲重，所以說「含英揚光輝」。《五臣註》：「此婦人喻己盛顏之時。」花「過時而不采」，將跟著秋草一塊蔫兒了，枯了；女子過時而不婚，會眞個變老了。〈離騷〉道：「惟草木之零落兮，恐美人之遲暮」；「夫婦會有宜」，婦貴及時，夫也貴及時之婦。現在軒車遲來，眼見就會失時，怎能不自傷呢？可是——念頭突然一轉，她雖然不知道他別的，她準知道他會守節不移，他會來的，遲點兒，早點兒，總會來的。那麼，還是等著罷，自傷爲了什麼呢？其實這不過是無可奈何的自慰——不，自騙——罷了。

庭中有奇樹

庭中有奇樹，
綠葉發華滋。
攀條折其榮，
將以遺所思。
馨香盈懷袖，
路遠莫致之。
此物何足貢，
但感別經時。

十九首裡本詩和〈涉江采芙蓉〉一首各只八句，最短。而這一首直直落落的，又似乎最淺。可是陸時雍說得好，「十九首深衷淺貌，短語長情」（《古詩鏡》）；這首詩才恰恰當得起那兩句評語。試讀陸機的擬作：「歡友蘭時往，苕苕匿音徽。虞淵引絕景，四節逝若飛。芳草久已茂，佳人竟不歸。躑躅遵林渚，惠風入我懷；感物戀所歡，採此欲貽誰？」這首詩恰可以作本篇的注腳。陸機寫出了一個有頭有尾的故事：先說所歡在蘭花開時遠離；次說四節飛逝，又過了一年；次說蘭花又開了，所歡不回來；次說躑躅在蘭花開處，感懷節物，思念所歡，採了花卻不能贈給那遠人。這裡將蘭花換成那「奇樹」的花，也就是本篇的故事。可是本篇卻只寫出採花那一段兒，而將整個故事暗示在「所思」、「路遠莫致之」、「別經時」等語句裡。這便比較擬作經濟。再說擬作將故事寫成定型，自然不如讓它在暗示裡生長著的引人入勝。原作比擬作「語短」，可是比它「情長」。

詩裡一面卻詳敘採花這一段兒。從「庭中有奇樹」而「綠葉」，而「發華滋」，而「攀條」，而「折其榮」；總而言之，從樹到花，應有盡有，另來了一整套兒，這一套卻並非閒筆。蔡質《漢官典職》：「宮中種嘉木奇樹」，奇樹不是平常的樹，它的花便更可貴些。

這裡渾言「奇樹」，比擬作裡切指蘭草的反覺新鮮些。華同花，滋是繁盛。榮就是華，避免重複，換了一字。朱筠說本詩「因人而感到物，由物而說到人」，又說「因意中有人，然後感到樹；……『攀條折其榮，將以遺所思』，因物而思緒百端矣」（《古詩十九首說》），可謂搔著癢處。詩中主人也是個思婦，「所思」是她的「歡友」。她和那歡友別離以來，那庭中的奇樹也許是第一回開花，也許開了不只一回花，現在是又到了開花的時候。這奇樹既生在庭中，她自然朝夕看見，她看見葉子漸漸綠起來，花漸漸繁起來。這奇樹若不在庭中，她偶然看見它開花，也許會頓吃一驚：日子過得快呵！一別這麼久了，可是這奇樹老在庭中，她天天瞧著它變樣兒，天天覺得過得快，那人是一天比一天遠了。這日日的熬煎，漸漸的消磨，比那頓吃一驚更傷人。詩裡歷敘奇樹的生長，便爲了暗示這種心境；不提苦處而苦處就藏在那似乎不相干的奇樹的花葉枝條裡。這是所謂淺貌深衷。

孫鑛說這首詩與〈涉江采芙蓉〉同格，邵長蘅也說意同，這裡「同格」、「意同」只是一個意思，兩首詩結構各別，意旨確是大同。陸機擬作的末語跟〈涉江采芙蓉〉第三語只差一「此」字，差不多是直鈔，便可見出。但是〈涉江采芙蓉〉有行者望鄉一層，本詩專敘居者採芳欲贈，輕重自然不一樣。孫鑛又說「盈懷袖」一句意新，本詩只從採芳著眼，便醞釀出這新意。採芳本爲了祓除邪惡，見《太平御覽》引《韓詩》章句。祓除邪惡，憑著花的香氣。「馨香盈懷袖」見得奇樹的花香氣特盛，比平常的香花更爲可貴，更宜於贈人。一面卻因「路遠莫致之」——致，送達也——久久的、痴痴的執花在手，任它香盈懷袖而無可奈何。《左傳》聲伯〈夢歌〉：「歸乎，歸乎！瓊瑰盈吾懷乎！」《詩・衛風》：「籊籊竹竿，以釣于淇。豈不爾思？遠莫致之。」本詩引用「盈懷」、「遠莫致之」兩個成辭，也許還聯想到各原辭的上一語：「馨香」句可能暗示著「歸乎，歸乎！」的願望，「路遠」句更是暗示著「豈不爾思」的情味。斷章取義，古所常有，與原義是各不相干的。詩到這裡來了一個轉語，「此物何足貢」？貢，獻也，或作貴。奇樹的花雖比平常的花更可貴，更宜於贈人，可是爲人而採花，採了花而「路遠莫致之」，又有什麼用處？那麼，可貴的也就不足貴了。泛稱「此物」，正是不足貴的口氣。「此物何足貴」將攀條折榮，香盈懷袖，路遠莫致，一筆抹殺，是直直落落的失望。「此物何足貢」便不同一些。此物雖可珍貴，但究竟是區區微物，何足獻給你呢？沒人送去就沒人送去算了，也是失望，口氣較婉轉。總之，都是物輕人重的意思，朱筠說「非因物而始思其人」，一語破的。意中有人，眼看庭中奇樹葉綠花繁，是一番無可奈何；幸而攀條折榮，可以自遣，可遺所思，而路遠莫致，又是一番無可奈何。於是乎「但感別經時」。「別經時」從上六句見出：「別經時」原是一直感著的，盼望採花打個岔兒，卻反添上一層失望。採花算什麼呢？單只感著別經時，老只感著別經時，無可奈何的更無可奈何了。「這次第怎一個『愁』字了得」呵！孫鑛說「盈懷袖」一句下應以「別經時」，「視彼〈涉江采芙蓉〉較快，然沖味微減」。本詩原偏向明快，〈涉江采芙蓉〉卻偏向深曲，各具一格，論定優劣是很難的。

Note

掌中書 22

古詩十九首釋

作　　者——朱自清
發 行 人——楊榮川
總 經 理——楊士清
總 編 輯——楊秀麗
副總編輯——黃惠娟
叢書企畫——蘇美嬌
責任編輯——魯曉玟
封面設計——姚孝慈
出 版 者——五南圖書出版股份有限公司
地　　址——臺北市大安區 106 和平東路二段 339 號 4 樓
電　　話——02-27055066（代表號）
傳　　眞——02-27066100
劃撥帳號——01068953
戶　　名——五南圖書出版股份有限公司
網　　址——https://www.wunan.com.tw
電子郵件——wunan@wunan.com.tw
法律顧問——林勝安律師
出版日期——2011 年 10 月初版一刷
2015 年 3 月二版一刷（共三刷）
2024 年 1 月三版一刷
定　　價——250 元

國家圖書館出版品預行編目資料

古詩十九首釋 / 朱自清著 . -- 三版 -- 臺北市 : 五南圖書出版股份有限公司 , 2024.01
面 ; 公分
ISBN 978-626-366-323-7 (平裝)

831.2　　112011162